秦岭书

耿翔 著

西安出版社
西安曲江出版传媒股份有限公司

图书在版编目（ＣＩＰ）数据

秦岭书/ 耿翔著. —西安：西安出版社，2015.12
（2021.4重印）
　　（丝绸之路丛书）
　　ISBN 978-7-5541-1334-9

　　Ⅰ.①秦… Ⅱ.①耿… Ⅲ.①散文集 — 中国 —当代
Ⅳ.①I227

中国版本图书馆CIP数据核字(2015)第306646号

丝绸之路丛书

秦岭书
Qinling Shu

作　　者：耿　翔
出　　版：西安出版社
　　　　　（西安市长安北路56号）
电　　话：(029)85253740
邮政编码：710061
网　　址：www.xacbs.com
发　　行：西安曲江出版传媒股份有限公司
　　　　　（西安曲江新区雁南五路1868号影视演艺大厦14层
　　　　　11401、11402室）
印　　刷：合肥瑞丰印务有限公司
开　　本：889mm×1194mm　1/32
印　　张：8
字　　数：220千
版　　次：2016年1月第1版
印　　次：2021年4月第3次印刷
书　　号：ISBN 978-7-5541-1334-9
定　　价：32.00元

读者购书、书店添货或发现印装质量问题，请与本公司营销部联系、调换。
电话：(029) 68206233　68206222 (传真)

序诗

翻过秦岭的张骞
把长安之月，悄然地放在身后
西行的路上，他没想到自己
就是汉家的一只蚕
就要把丝，一直吐到罗马去

而一种气象，在葱岭以西
像山一样奔跑，像云一样彤红
他从汗血一样的风中
听到一片土地的喘息
解开衣襟，他想用胸膛
接住天马的叫声，他想用体血
记下大宛这个名字

千年过后，仍在这条路上
那匹天马，那匹被张骞
牵回长安的天马
在它皮毛上的汗血里，藏着
另一部汉书

目录 CONTENTS

朱鹮的秦岭

丝织的汉中

逃跑的沙粒

朱鹮的秦岭

为朱鹮吟部史诗

我愿放出灵魂

在秦岭的断岩上游荡

一抹朱红

没有别的去处，只有秦岭

把一身风雪的衣襟

为你解开

就像我没有天堂

把生命累成碎片，也要落在

母亲的村庄

而很久地，荒芜在汉字里边

你更像一些孤本，读得我

把心悬在天空

如果你相信

还有最后的去处，就请接受

秦岭的签约

就请把翅下

那一抹朱红，像一枚印章

盖在它的身上

鸟的门，向鸟打开

在积满风雪的秦岭

一抹朱红，这些飞鸟的衣

像被山体，一寸一寸磨出的颜色

一只飞来，像把一扇

迷失的山门打开

一只飞来

像是破败部落中，依然高贵的酋长

身后的风雪，再大也掩埋不住的朱红

把鸟的家族，涂进完整的山体

也是斑斑驳驳

一只飞来

卧在一树铁黑色的阴影里

今夜弯曲的月亮，可是鸟儿流血的翅

不要再倦飞了，让石头抿住嘴

让月光，为你们诵经

一只痛别秦岭的风雪

一只苦恋人家的烟火，其实山外

不是温柔之乡。看你们千里寻觅

我不忍心，把这个世界

写得很悲凉

你们真的飞倦了，就请带上

那一抹朱红，飞回秦岭清寂的深处去

不要怕那里的风

不要怕那里的雪，鸟的门

自古向鸟打开

一幅国画

像我的一生

沿着一个人的目光，高贵地飞翔

却把身子，很随便地

放在她的村庄

朱鹮，看见你从秦岭

一声不响地飞来

我空无一物的心里，再也装不进

别人的影子

谁说大雪无痕？在这片

比宣纸还素净的天空里

你像我用整个青春，完成的

一幅国画

而把你挂在

秦岭的哪座山峰上，才能表达出

我对于一个人的

忧伤的爱

活下来的飞天

像一群活下来的飞天

顶着风雪，在秦岭的上空

洗磨身后的洞窟

一抹朱红，印满石头

像一部神秘的家书，印满天空

像一件圣者的袈裟

我在风中，无力追赶

这些生性独立的飞鸟，我在风中

无力听懂，它们完整的语言

秦岭书

谁能把秦岭

从天空中放下来？我要替朱鹮

洗磨起落的地方

茅屋里

从大风的衣袖里，谁抽出雪掌

不停击打，表面上冷淡的秦岭

就像昨天进山，我被一群生动的朱鹮

牵引住脚步。跟着这些

大雪一样，不断飘过头顶的

神鸟，我把冬天的目光

放得很低

沿着它们，带血飞过的天空

我像在一个熟人的身上

羞涩地寻找，一堆正被放牧着的云朵

我深藏一切的巢穴，由一只失群的朱鹮

在寂静之中构筑

再一次靠近，这从大雪中

送过来的温暖，我只有闭上

读碎的秦岭

而与我，一起躲在

一棵苦楝树后的行者

等待一只，突然飞入一座寺院的朱鹮

从大雪拥挤的天空，把所有隐在

秦岭身上的墨迹

一页页拓印出来，然后依山

抽出几根肋骨，装订成一部

众神的读本

朱鹮，我终于梦见

一位守护秦岭的女神，把我终生遣回

一座有你，筑巢的茅屋里面

我缩在天空的心，也因此

放松下来

底色

一抹朱红，像点染秦岭的

一件衣裳

疾逝过天空，谁让风雪

把我多余的目光裁掉

口衔一根，古旧的树枝

像在我身上，啄下的一根羽毛

挂满眼角，是谁用生命

打在秦岭上的底色

看见山水，被清寂地

领出最后一个雪夜

我不敢在天空，偷摸那些

细嫩的朱红

泥土的温暖

摸一下在怀中

停歇的泥埙，我嘴唇上的余温

还在。还像有掀得动一座秦岭的气流

在其中喷涌。我的泥埙

我不得不把目光，从朱鹮的身上

移动过来

我要在秦岭的大雪中

再一次吹响，这只简单的泥胎

我要听泥土，在经过火焰的磨炼之后

还发出泥土的声音。埙呵

告诉朱鹮吧：让我用嘴唇

与泥土生死亲吻者，让我用气管

与泥土深情呼吸者，让我用心肺

与泥土长久共鸣者

是谁

我不知道，拥有这只泥埙

就拥有大地，拥有五谷

也拥有河流，穿越泥土的每一个细节

把它携在身上，就像神

把灌满音乐的大地，安放在我们周围

此刻，只要有一只朱鹮

衔来一朵雪花，就能轻轻地

把它吹响

而我，只想让它

沿着一条神秘的鸟道，传遍秦岭之脉

为所有落难的，朱鹮

送去泥土的温暖

遗失的情书

落在秦岭的山脉上

一根朱鹮的羽毛，像一封

从天空中遗失的情书

它让我想见，古时候的美人

还没有走远，还住在我们身边

采茶，或者织绢

她们爱在水湄，遥想那些

千年以上的事情，她们灿若桃花

从青铜，移步到宣纸上

像大地之灵，她们飞翔

她们留下的一根羽毛，像一封

解读秦岭的情书

剥开

把石头的肤色剥开
把石头的声音剥开

像一位游侠少年，把自己
放在秦岭的风雪中

一千年后，你粉红的双羽
还能剥开长安的夜色

朱鹮，在诗如雪飘的唐朝
我找不到这两个汉字

吉祥的符号

你很像神在天空

用心画下的，一个吉祥的符号

大地上，没有一只羊

不在吃草的过程中

还望着天空

你又像神在地上

有意丢下的，一块会飞的石头

绕过月亮的环形山

我看见，万物的心愿

是跟你飞翔

朱鹮，也让我像一朵云

等在你就要经过的天空

坚贞的身上

因你身上的朱红

素白地，落在我们中间的雪

也不再素白

因我一脸的寂静

粗糙地，吹过我们中间的风

也不再粗糙

此刻，无语在一块

被雪雕饰过的石头上

劝你把身子站稳

我是一个遭过难的人，想起雪

就想起有一年冬天，被人推到

一件忧伤的事里

看你不知仇恨的样子，我想

再饥饿的鹰，也不敢把目光

放在这么坚贞的身上

霜降

不能用手更改

秦岭的节气，只一次霜降

会使所有的飞鸟，不再用翅膀

去触摸天空

这一年中，最舍不得

荒芜的日子，卧在巢边

你不停地修补着，那对被风

吹得破旧的翅膀

有关你的歌谣，也被冻在

我黄土一样厚薄的嘴唇上

一年的漂泊，能否让大地

安排一次休眠

朱鹮，如果你相信

明年的天空，肯定比今年晴朗

就请把翅膀

修补得再结实一些

回响

落在风的视野里，朱鹮

把秦岭不朽的骨架，连同一身丰盈的

森林的饰物，坦然摇响

落在我的视野里，朱鹮

你是这个季节，唯一留下的身影

青山绿水，已被众神的羽毛

幻化成无数面雪白的墙壁，看上苍之手

把我心中的念想，写成献给你的

一曲颂歌。而我身上有关音乐的盲点

早让古朴的埙声，悄悄地吹走

这时的秦岭

像一架打开的，莫扎特的钢琴

被朱鹮灌满风雪的翅膀，反复地弹奏

巨大的共鸣，是山体默记的

始祖的音乐，正从化石里

被一片片剥离出来

而一只在山巅，飞得惊心的朱鹮

像我从一幅壁画里，动情看过的

远古的舞姬

朱鹮，落在雪的视野里

我不想把握紧的双手，分出一只给你

踏雪走在，秦岭的腹地

我抖落一身尘埃，也有千年的

回响

家祭

盼你在这个日子里

丢开天空，和我一起低飞

和我一起，把那匹不知伤心的马

赶到路边去

让迎面过来的雨雪

告诉你这个日子，像谁用草叶

把一道看不见的伤

留在走人的大地上

这个日子里，我眼角的颜色

绝不比你身上的朱红浅

念过父母的名字后，我就直呼
他们的邻居

想起当年，他们很像你
围着我不肯离去。今天
我会从身上，分一些东西
来家祭他们

最后一个图腾

不要以风，吹它的羽毛

更不要以雪，洗它的翅膀

那一抹朱红，就像秦岭的

最后一个图腾

就像从我身上，取下的一根骨头

就像我远离人群后

只能这样说：如果恨它

就把它送出去，如果爱它

就把它留下来

要守护住，它一身的美丽

也只有秦岭

风把秦岭吹乱

白日吹疼翅膀的风

夜里吹疼骨头的风

还能把秦岭，很稳当地吹到

朱鹮的背上

遭遇众鸟之神

就是它衔来，一枝含毒的野花

我也敢围住篝火

把正在诵经的嘴唇，一次献上

我更想让风

把秦岭从东到西吹乱，把我

裸着吹到，一座只有朱鹮

才肯守护的山顶

影子

雪是秦岭

飞进冬天的一根羽毛

插上它，我看见群峰冷清下来的身子

迅速瘦成一堆雪蝶

我也看见，一群朱鹮

正沿着一面山坡滑雪

一阵大风，也沿着它们单薄的翅膀

呼啸，或者舞蹈

而握起心中

一把温柔的剪刀，只有我

沿着雪的边界，把它们冷清的影子

剪热，贴在岩石上

看见

雪把秦岭

浆成一张手工的宣纸

等待一位，满含孤愤的画师

在天缺一角处泼墨

而一群守着

极顶的朱鹮，披一件织完的冬衣

贴着岩石，多年粗糙的毛边

始终向内心飞翔

看见它们，彩绘在翅下的一抹朱红

我像突然看见

自己的身子，受冷的骨头

开始被雪画热

大雪不远

大雪不远，大雪覆盖下的

秦岭也不远。我的一曲泥埙

还没有吹完，我把最后一件防寒的衣裳

还没有完全解开

一片雪谷，已不可侵犯地

把我挡住

这里是人群

为拯救灭绝的神鸟

而自觉放弃的一小块土地。朱鹮保护区

五个黑色的大字，像秦岭突然伸出的

五根滴血的手指，能抓破每一架

远处的山峰，我近在咫尺

却像一匹马，把刨不起尘土的

前蹄，僵硬地放下

站在我的身后，万物呵

你们的神秘，就像一座无形而无限的

秦岭，应指令我

用神传授下的文字，或神传授下的音乐

来日夜颂唱。而在大地

和我的细胞里，穿过积雪

也要尽力挖掘

有关朱鹮的记忆

大雪不远，大雪覆盖下

那堆满沙砾的泉眼，在我不顾一切的

怅望中，也应该不远

印章

牵着秦岭的视线

牵着神，也牵着我长长的呻吟

这被岩石，折磨成朱红色的

一对翅膀

不论飞过哪座山峰

都像牵着我，冲撞某一扇神秘的

未启之门。高处大雪

挥撒一把，在秦岭的肩头

却像朱鹮，落在我的身上

轻啄棉衣下的一丝温暖

有一枚印章，被轻轻地盖在

秦岭，和我的背上

鸟道

落在秦岭的背上

大雪，把绿了三个季节的山脊

从东到西，逐步简化成

单一的色彩

落在朱鹮的翅上

大雪，把飞了三个季节的神鸟

从小到大，依次护送到

一片越冬的秘林

而落在我，有所思的脸上

大雪，把三个季节的路程

从远到近，铺排成一条

神秘的鸟道

秦岭不死

因你艰难的存在，一座秦岭

在我装着太多山脉的内心，不再是

一群死去的马匹

朱鹮，秦岭不死

你在秦岭的怀中，你也不死

把你扶上，一座被雪灌顶的

山脉的巅峰，我们与众神拉开的距离

就近了许多。鸟瞰这些

被雪一天天抬高的山谷

贴紧一片草木，我的身子

也在升高

我多想绕过，一座在前面

不停降雪的大山

今天，能与众鸟之神站在一起

就是被寒流，冻成一组简单的冰雕

也要安静地，等待一只

朱鹮的靠近。像一群从天边

飞奔过来的山峰，凝固在大地上

也要保持，马的姿势

追着朱鹮的身影，大气磅礴地

走过十二月的秦岭，被身后的雪衬着

我更像一匹，没有备好

鞍子的马

试声

站在这么厚的雪上

天空死寂，只有偶然滑落的

一颗流星，把表面冷清的气氛打破

让有序进入冬天的

秦岭，躲在一只鸟的

翅膀下面

这时，我正盘腿坐在

一堆篝火的旁边

看着昨夜的歌声，开始消残

而唱歌的人，已经把唱片

一样细密的天空，交给一群

默默试声的朱鹮

一扇木门里

把大雪交给，就要闭合的夜幕

留下双耳，也留下一天之中

在雪路上反复追赶我的，山鬼木客

听一只朱鹮，用雪擦洗

羽毛的声音

传遍秦岭，这些孤独的

接近人群的声音，不能被随意地放弃

我想有一些岩石，会洗掉它

旧有的声音，只把朱鹮在今夜的绝唱

录在带磁性的石纹里。而所有的树木

会解开它越穿越薄的

一件衣衫，只等朱鹮

从子夜的昏迷中，带血落下

受伤的身子

软弱地靠在，被一次地震

突然堆在路边的巨石上

我不知道，今夜的大雪还能翻过几座

这样的高山？闭合的夜幕

会把几盏神灯

慷慨地留在秦岭？像一只狼

我想把今夜，从大雪的覆盖中

一次嚎叫醒来

从一扇木门里，挤出一双

唯一与我，还一起睁着的眼睛

我已看清，像梵高发疯后割过耳朵

落在茅屋顶上，他也无法听到

有一只朱鹮，用雪擦洗

羽毛的声音

图案

突然降临的大雪

封我在秦岭的一片密林里

只好卸下，一些费心拣来的石头

再捡拾一些，有可能通向

某座茅屋的脚印

但那些读过的图案

已沿着石头的纹路，流落到了

我的心里

其中一幅，很像一只倦卧的

朱鹮，从它零乱的目光里

我看出自己的心情：等待阳光

能把天空占满

占满天空的秦岭

像手捧秘色瓷一样小心

我把一只朱鹮，放在离心最近的地方

想让它逆光听一听，风雪过后

一位诗人的内心，充满着平静

还是骚动

对于朱鹮的热爱

让我像一位骑士，从一座古战场

追思到另一座古战场。而陷落后的身影

早已越过记忆，不再从天空

鸣叫着飞来。朱鹮呵

你众多的群落，含着怎样的一腔幽怨

离开这个世界？我今冒雪

不知能否拾起，你藏满倾诉的

一根羽毛

我只有掏出人性中

最善良的部分，把这一只朱鹮

很小心地保护。就像我在冬天的古长安

把迎风走路的女儿，挡在身后

我不宽大的背影，立在广场上

就是一堵诗墙，由她读出

最温暖的句子

但我无法挪动

一座占满天空的秦岭，俯下颤抖的身子

如果从岩石，某一深刻的裂痕里

还能听出一丝，遥远的喘息

我就敢大声宣布：那些灭绝的

朱鹮，其实活着

枯葵

神看见朱鹮

我看见枯葵，站在大雪

企图抹去什么的地方

这些在冬天，在大约结束一生的

狂热的枯葵，还贴紧太阳的背影

很苦地站着

秦岭，这被雪把表面

燃烧得寒冷的秦岭

一株枯葵，正在坚定着

我对于朱鹮的追求

而举目向北，我看见一位

梵高一样的画家，正站满冬天

画着另一种，还在高原上

燃烧的葵花

疼爱

看见一只朱鹮

从一片雪地，飞到另一片雪地

想为谁留下，一行深深浅浅的爪痕

我的内心，突然堆满了

一位父亲才有的疼爱

因为，这只被寒冷

袭击得更加单纯的朱鹮

让我想起女儿

要在积雪的路上，走过这个冬天

而包括她，有谁会知道

在我眼里，这只飞来飞去的

朱鹮，就像我的女儿

守鸟人

为一群众神之鸟

把贫穷驮在，比岩石还粗糙的背上

顺风喊一声，我第一次觉出

守鸟人一生的沉重，就像一株玉米

立秋之后，在跌倒的原野上

还要咬牙站着

一座破旧的茅屋

在秦岭的深处，是谁替大地

插下一面招魂的幡？记住这草色的屋顶

朱鹮，就记住天空的道路

而守在茅屋里，一对守鸟人

把简单的日子，贴近一块土豆

放在火塘边

其实，他们才像秦岭

最后守住的一对山神

不管明亮的雪，从哪一座抖动的山峰上

吹落下来，他们扎实的目光

都会平坦地，铺在一群

朱鹮飞过的地方，都会让我

看见今夜的秦岭，在失去一些东西之后

仍然亲切地，睁着两双眼睛

像站在一块乡土上

我想轻轻地，替一群与雪共舞的朱鹮

敲开藏在，秦岭深处的一扇木门

而门后的守鸟人，最好像我的

一些亲人

三朵雪花

我在秦岭雕塑的

三座山峰上，看见三朵

带血的雪花，正在气象苍茫地

飞翔。而一身的沉重

催我把自己，雕塑成秦岭的

另一座山峰，并且把疼爱

倾入岩石的肌理

然后撕开，平息着风暴

平息着大雪，也平息着

一群朱鹮，面临过灾难的胸腔

这样，就会有三朵雪花

带血在我的心上，筑巢

神秘之门

用我收藏的一只泥埙

把飘浮在秦岭上空的大雪，吹落下来

把打磨过很久的天空，从一面丰盈的

山体上，轻轻移开

朱鹮，守候在大地

一道因白银，而气象苍茫的肌肤上

你应该知道，突然绽放在我的视野里

是众神用火焰，反复烧制过的

一堆岩画。是一个女人

用含满雪光的身子，替谁温暖

融解一朵恶之花？低垂下来

我和秦岭的目光，应该更深地

埋在一种狂想里

还有我的歌声

应该让秦岭上空的大雪，像埋葬一片

奔突过来的畜群。雪呵

在刻满鸟声的秦岭，我正好看见

一群野牛在山谷里

无声地陷落。几只朱鹮

却和一座奇峰，在接近你的

高处静卧

这时，我只有设法打开

藏在秦岭身边的，所有神秘之门

也把我用汉字，为大地吟过的诗篇

用一只泥埙，吹给朱鹮

秘本

不是我把朱鹮，放在雪中

它神秘的翅膀，扑闪过哪一座山峰

都会引来秦岭的，一场大雪

住在北方，痛苦地面对

一年比一年温暖的冬天

我就想守着，根本独立的秦岭

盼它收藏下来的朱鹮

能把雪花，突然从天空

带到所有的山顶

而在心中，我极愿用文字

为它们翻译出，一部

排列在天空的秘本

简体的飞翔

众神亮出，指尖的光环

而朱鹮，只用一次简体的飞翔

就把一座秦岭，迎面打开

守候在季节的，二十四个画面里

我看到农事之外，这些生性孤立的鸟

一天比一天，飞得苍凉

穿越天空，它们的身影

在我无力追赶的风中，多么像一封

远古的遗书

秦岭呵，能帮助我

从一幅岩画里，读出仓颉造出的

两个渐飞、渐远的汉字

被时间误读

这两个叫朱鹮的

汉字，埋没在秦岭尘封的档案里

像一组方言，被时间误读

两块擦伤，所有岩石的碎片

今天，要从我仰望一座大山的目光里

擦出夜幕，也遮挡不住的朱红

历史的天空里，我是读者

我的身影，注定要沿着朱鹮的名字

在遥远的山体上移动

然后，心无栅栏地

捡起岁月，存放在秦岭宽大的手边

或我视野深处的一根羽毛

抖索的手

沿着山体，筋脉一样的走向
一种植被，接替另一种植被
向我传递秦岭的体温

不要打破
一座静下来的山脉，和一群飞鸟
保持在黄昏里的秩序

就像泊在泥泞的路边，一间低矮
又残缺的茅屋里，却留着生命的
最原始的冲动

从一路发热的，山体上面

为一只受伤的朱鹮，我取出一双

抖索的手，采向一根草药

一只飞鸟的高度

落在尖锐的岩石上，我的手指

像一节攀缘的蚯蚓，爬得只剩下

最后的痛苦

和痛苦深处，那一抹带血的

岩石的纹理，替一只突然收翅的朱鹮

刻下一次，只有我感觉得到的心疼

也只有我，守候在秦岭

一幅没有多少表情，也没有多少

语言的地图上，测量着一只飞鸟的高度

挤过山脊与天空

留给历史的夹缝，我被汉字

灼伤的目光里，开始落雪

心跳

这场缝合大地的外伤

也缝合内伤的雪呵，飘落在前边

像一卷丝绸

那些性温而味苦的

民间的草药，像一位投身山水的画家

记忆中一个人的剪影

而一群朱鹮，追赶着

进入冷色调的山水，已经飞倦的翅膀

落在丝绸的一角，像谁按下一枚印章

一卷铺开的秦岭

一点红泥印痕，替谁压住

一颗藏在画里的心跳

孤独者的声音

走过王维的山水

落在雪中的秦岭，终于给我捧出

一卷入画的唐诗

这些写给朱鹮的

苍凉的绝句，被劲吹了一千年的大风

逐字刻在，秦岭虚实的额头

像看见神的指环

我从一大堆，歇落过朱鹮的岩石上

看见几个神秘的文字

或许，这真是岩石的裂纹

但孤独者的声音，在山体破碎之前

就落满我的头顶

红晕

我的头顶上，突然落满了

月光的翅膀，以及它要穿越

万象时的隐秘

秦岭黄昏的秩序，此刻

被几只朱鹮守护着，也被几只朱鹮

不留痕迹地打破

靠近我守夜的

一块在细草间，有灯盏漫游的洼地

谁的目光，站在更高处燃烧

让秦岭升起来，我从内心

连续听到的喊声，却被迎面的山体

撞出一片愤怒的红晕

血脉之上

朱鹮呵，倦卧在我

精力最疲惫的时刻，你的神态

让沉稳的秦岭，也感觉到眩晕

一阵风，一阵只让羽毛

标出山水走向的风，狂吹到我的身上

却像岩浆，要把大地凝固

这时，我问自己

这座把两条河流，从血脉之上隔开的

山体，应该是谁的家园

秦岭之北，我清贫的目光

曾经跟随一只大雁，一路丰满地

飞向南山

又见南山

又见南山，这句在雁塔上

抬头碰着目光的诗句，把一组困绕

心灵的死结，打在秦岭的深处

我能用什么，在距离朱鹮

最近的一面山坡上，突然掀开草木

发出众神的声音

我又能让谁，赶在前边

把一条被鸟声，遮挡得很潮湿的山路

在诗句里反复地晾晒

其实，我已经选择了

众多带有灵性的汉字，就像天空

选择着有灵性的云彩

内心的火焰

这些灵性的汉字，会沉思着

解开我锁定在声音里的，全部秘籍

然后，开口朗诵

六月的秦岭，如果有雪

就把我倾尽生命，吟得最苦焦诗句

雕进远古的冰川

让它沿着，山体新裂出的横断面

神圣地垂落，直到接近

一只飞得最低沉的朱鹮

而内心的火焰，翻腾着

早已越过肉体的洼地，把我托举到

一个能够自治的地方

再敲秦岭的柴门

朱鹮呵，从我渴望

一只求援之手的眼神里，你应该读出

远离鸟群的人类，有多么悲凉

凿入冰冷如铁的岩石中，是谁

追悔莫及的残影？而这些神色茫然的

泊旅者，正被山水整体地微缩

此刻，我渴望有人

从长安城里走来，沿着秦岭的北坡

打开一卷，唐诗的地图

不要发出声音，等我

从脸色里退去，那些断续的病隙碎笔

再敲秦岭的柴门

轻轻啄开

这时，我从终南捷径

遇到在辋川，按住千山万水

临摹心境的王维

坐在诗人心中，秦岭

就是一尊佛像，芦苇临风不定的样子

也有一种思想

而我，从他远去的

只留下水墨的背影深处，知道是谁

驮着天空在飞

不要用手，一卷尘封的地图

只需一只鸟儿，对着天空的叫声

就能轻轻啄开

描绘朱鹮

对着被风锈蚀的秦岭

推开木门的王维，要从闲云开合的

缝隙里，细读一些山水

而众神之鸟，飞过天地的

那一团影子，多像一幅抹不去的国画

悬挂在大自然的，红木框里

玉石一样的身影，被隐秘地

点缀在秦岭的细节里，擦净时间的

尘埃，哪里有描写它的汉字

我看见摩诘，轻点一抹

沉静的朱红，在一片唐朝的天空里

开始描绘朱鹮

一地星光

那时的秦岭，立在一卷

丝绸或者宣纸上，让朱鹮的翅膀

一路装饰着，大地的气象

越过山水，谁把一只

众神沐浴过的飞鸟，风情万种地

押在唐诗的，万种风情里

它嘹亮的喉音，落在哪一个

汉字的韵脚上，都像我唱得发蓝的

一地星光

而破碎的天空，从一座

大山的顶峰上，把一只飞倦了的鸟

纳入它，破碎的心中

让我仰望

朱鹮呵，让我仰望

天空的高度，从秦岭之巅的某一棵

树冠上，把目光放出去

一抹朱红，把天空擦亮

把我多年深埋在，长安城里的头颅

也突然擦亮

岁月的尘埃，正从天空的深处

一粒一粒地隐去，滑翔在大风之中

是你点化山水的翅膀

让我仰望，面对一座

藏有你身影的大山，和大山之上的

隐秘的天空，让我仰望

牵挂

知道大雪就要封山

而我，用追求一位女神的心情

把剩下的时辰，放到秦岭的一块断岩上

放到就要，痛快地降落下来的

雪的火焰里

但我不会孤独

从三个季节，远去的背影里赶来

我把被冬天，一路吹得火辣辣的目光

放到秦岭最隐秘的地方

然后等待，一场罕见的大雪

抹去秦岭，调和了一年的颜色

也抹去秦岭的声音

悄然留下，一条沿雪而上的

鸟道

这时，我全部的欲望

是为一只朱鹮，能够神秘而迅速地出现

能够给洁白如宣纸的秦岭，打上一枚

朱红的印章

我纯粹的梦想，就是看这些

众神之鸟，把状若祖脉的秦岭

飞成唐宋，或明清的

一卷山水

站在留白的地方

我的阅读，穿透一根举重若轻的羽毛

所能书写出来的，有关朱鹮

有关宝石的，一段铭文

而头顶大雪，我发现秦岭

有许多牵挂

灯盏

面对突然飞临的

一群朱鹮，我在单纯的雪地上

放得很久的目光，像要接近一次失明

升入众神的天空，我的前边

像走着诗人荷马

能为朱鹮，吟一部史诗

我愿放出灵魂，在秦岭的断岩上游荡

更愿一个人，把身子放在

寒冷的山口，让诗经里的

国风，吹疼我的头颅

而留下一行，最好的文字

我要用它，翻译出朱鹮

消失在人间的一些背影

我就是荷马

在秦岭的大雪中，我像盲人

一样行走，但收藏在内心的光芒

让我抹去泪水，和一只幼小的朱鹮

靠拢得更近。含在大气中

金属和盐，像我忍饥吞下的

两片酵母

仰卧在秦岭的怀里，掏出泥坯

我要接着天空的声音，一直吹下去
照亮我和一群朱鹮，是诗人荷马
手里的灯盏

丝织的汉中

听汉中女子的歌声

像把丝绸披在身上

这个坚韧的字：汉

像这个坚韧的汉字，我被群鸟

祭放在盆地的边缘

一路点亮，那盏歌唱的银灯

是哪位汉中女子

不停抚摸汉水的手指？一尘不染的盆地里

天空，流动在水稻的上面

比大地还绿。而我自己

神游在野草的谷底

像一只羔羊

汉中，把温柔潜藏在水上

却让我听见，所有苍青的石头里

都有汉隶的声音

替大地朗诵着头顶上的日月。贴紧一块

心也敬畏的摩崖

一刀一斧，请在我的额头

刻凿颂辞

那是四季闪烁的金光呵

它从我的内心，一遍遍呼出：

汉，土地上的一群劳动者

汉，天空下的一群骑手

汉，摩崖上的一群隶书

而穿过五谷和花朵的嘴唇，群鸟读过的

石头上，祖先的体态

就像这个方正的汉字

抹红额头，我要用一头母鹿的血

把它拓下来

在彩陶一样的盆地里

逼我身边的泥土，又一次吐绿

汉江，让心疼的水稻推着

我的衣衫，带着我的气息

在你上面漂流

没有一尾鱼，不在响亮的水里

一路投寄相思

听汉中女子的歌声，像把丝绸披在身上

汉江的水透明

汉江的水，在我走过的路上

白天为人，洗着太阳

夜晚为神，洗着月亮

不用我细说，汉江

也知道为谁而流，穿一身很干净的衣服

你的嘴唇动情，你的眉眼生风

在彩陶一样的盆地里

初嫁的新娘呵，一把花菇

香了你的右手，一把新茶

香了你的左手

汉江，我不怕你

也要逼我吐绿。和那片心疼的水稻

面对面坐下，我的衣衫

还在你的上面漂流

水做的女子，丝织的盆地

水做的女子，丝织的盆地

汉中，让我选在春蚕停食的日子

与你交杯而歌

这是心的一次吐丝

雨落在脸上，水淌进汉江

而桑叶，这些先于丝绸生长的桑叶

这些先做了桑树新衣的桑叶

还记着是哪双新鲜的手，把你从天空解下

让云移开，听她们的呼吸

比空气轻，却比流水响

也让我在桑叶

采桑女子，还有春蚕合住的盆地里

把行囊解下。桑树在岸

桑叶在上，什么样的手

才能抽出你内心的那一根细丝？枕着汉江

我从源头落下的身子

感到温柔，全来自丝绸

水做的女子，丝织的盆地

汉中，让我把心埋在那棵桑树下

再唱熟了的稻米

汉人的石头

比起汉人凿的石门

那块摩崖，是对一次事件的补记

石门高大，只要它高过人的头顶

就比人神秘

然而，汉人的江山无限

汉人的石头，也被无限地纪念

千万人的无限劳动，往往会变成一些废墟

因为岁月，只收藏用灵性

突然磨炼生活的孤品

石门颂呵，不知道千年过后

是我们颂你

我知道，不断加重你的分量

是读得最久的日月

在荒芜了的英雄路上，想挺劲飞动的汉隶

再难由后人，秉笔直书

心的伤痛，全被飞鸟识破

石门颂，把你从母体上

急躁地剥离下来，是人对自己

创造的劫难

我对石头的敬畏

始于对石头的一次阅读。石门颂呵

这幅世界上最好的颂，被一块石头

无言地收藏

春天在山上看茶

在激情绽放的山色里

有茶树青葱的手，不断伸过来

我只能放弃，因为身上的黄土

还没有让汉水洗净

而那颗被茶，沐浴得很净的心

早已落在茶里

唱吧，让舌尖最先碰响歌声

让歌声最先落在茶树上。我追随了一世的

采茶女子，过了这面山坡

还要往远里走？茶树的路长长

我们的路也长长

我看见，沿着春天的茶园

一群在水边飞得起劲的蝴蝶，也洗翅赶来

在采茶女子土蓝色的裙子边，它们飞行得

很像雾里的花朵，望上一眼

就知道茶里有山，茶里有水

茶里有山水，替我们守住的

好心情

春天在山上看茶，我很想把山挪到唇边

我请汉水，快一点给我净身吧

因为这时靠近茶，就等于靠近

采茶的女子

连云栈道

一条悬空的古道

一丛芦苇，就让它在

天空下飞白

就让斜阳，在石头的上面

把它荒芜的背影

读成汉隶

荒芜的车马，荒芜的驭手

我是比你们

还要荒芜的行者。让我把手

放在伤痕累累的心上

也让我把心

挂在半阴半晴的脸上

我想有一个声音
会突然飞出芦苇的遮蔽
把我叫住。因为千年以前
他们离开这里时
很像圣经中的
出埃及记

远处的木桥上

我在汉江边上走着

我多想把山水，放在身后

做我的背影

一只飞鸟，却用水淋淋的翅膀

把我完整的构图

剪成碎片，剪得瓦蓝

远处的木桥上，雾茫茫一片

像一场中世纪的爱情

不会有我的一些片段

看着流水，我暗自庆幸

我被汉江，惊心动魄地

拍成它的一幕

汉中睡着了

像一个人脱下的新衣

汉中睡着了，也有一身香气

诱惑着万物，也有虫鸣和水声

紧跟它的呼吸

游到我的身边

汉中睡着了，一盏风灯

让我把脸，埋在比经文

还稠还密的稻田里

要想把心，交给在土地上

放牧我们的那群人，就要挨着

一些稻田住下

就要把贴身的庄稼

当人一样敬仰

汉中睡着了，很像我们

小的时候

老在梦中，靠近着什么

江山无限

在盆地里插久了

剑一样的定军山上，将军的泪

不再像盐，士兵的血

不再腥红

然而，面对江山

一直跪着的将军，他读破残云的心沉重

面对将军，一直跪着的士兵

他们装满战争的头颅沉重。喊日出日落吧

漂流在这里的一缕青烟

告诉我不像盐的泪，比盐还苦

不腥红的血，比血还浓

江山如画，在凡人手上

却像抚摸一卷，年代古朴的丝绸

只有与之并肩的将军，把它彻底放在心上

为之温酒，为之挥泪

看他为江山，一生鞠躬尽瘁

我的心里，也是泪水涟涟

也想把血，洗成一朵白花

定军山呵，插在盆地

可是一盆风景？这里风也青青

这里云也绵绵。这里让过来人

顿生江山无限

我是汉人

这一声喊出来，一座石门

落在我的肩上，是黑铁一样的汉字

一条汉江，流过我的额头

是鹿血一样的酒

我是汉人

我要亲眼看看，筑在秦巴山系

古汉台呵，汉家的封地

对应着北斗七星，还像黄铜一样闪亮

喝一口，饮马池的水

我的目光，在残缺的汉简里

要绕过英雄和美人

盯住一群布衣

我是汉人

我不想低头在

十三块冰凉砭骨的石头里，去误读江山

蘸着鹿血，或我的血

先祭汉字有水的部分

然后，让我渡过所有的关

让我捡起所有的瓦

让我在汉水边，抚胸坐下

而赶在日头，也带着一身鹿血

爬进汉中之前，我要把这一声喊出来

让石门听着，让汉江听着

让那只离开群落，跑来献血的鹿

也在一棵汉柏后

抬头听着

褒河

河流的苦难

来自河流，不知道让人类的脚步

回到岸上。看见褒河

把一棵苍老的香樟树，守得很紧

我伸在风中的手

不敢超越流水，把它摇醒

褒河，我是穿过刻满汉字的

一段书声朗朗的摩崖

找到你女儿一样的河身。黑铁似的石头

丝绸般的流水，要让一座

简单的木屋，在开始瘦下来的水边

保存一些风景。一片云

落在雁去留声的河滩上

比雁还累

褒河，掀开你头顶的

一片杂树烟花

让我在流水的石缝里，低头寻找

一位女子的伤痕。开口的石头

请彻底咽下，那些在石头上燃烧的汉字

我知道，摸着烟雨

一路翻过秦岭的褒姒

懂得北方的雪

永远比褒河的水寒

把身子放在石头上

守着一棵香樟树，褒河

看见一双平静的，日日采菇的手

我祈祷河流的苦难

不要疯狂地，降临在这片

最后的好水上

喊一声桑树

我一身的温暖

全在一位女子的手上。靠紧一棵

被雪水摇醒的桑树，她睁开的双目

零乱地落在汉江上

比桑叶还嫩

她的身后，是汉江走出的

一条宽大的水路。驾上木舟

谁不想把目光摇落在河床里的蚕歌

从头打捞？早起的风

在我望她的眼里

吹来吹去，都像一根丝

抽得心疼

桑树，我知道汉江

流淌的是一只蚕儿的身子

长在沿岸的泥土上，你把采桑者的手

衬得比云朵还白。摇落眼前的雾水

让我在最软的桑条上

找到她的双手呵。顺着汉江

随意握住一片流水

都是一匹丝绸

喊一声桑树，我看见汉江

突然停在一位女子的脚下，光亮地

抱在她的怀里，是温暖日月的

一件衣裳

袭雪

吞下箭镞，汉家的水

把内心的伤痕，在遭逢战乱的石头上

洗得发白

挥鞭的魏武

不知道太阳下面，最红的血

它的底色是一种炽白。立马在褒河的出口

只有没游走的云朵

一脸苍白地记着，那一刻

闪烁在他征衣上的寒气

突然不再逼人

那是汉家的水呵

汉家明净得能洗心洗面的水，让他想起

大雪，落在秦岭之北

大雪，化在秦岭之南

都是一群裸舞的雪蝶

看回过头来的将军，终于放下弓箭

面对无限江山，吟出马背上

最美的诗句

或许是战火，让他懂得了

真正的血的颜色，才在醉眼朦胧中

看见流水的真相

飞鸟的翅膀

不是我读不懂

飞鸟的翅膀，落在这样亮的水上

一棵香樟树，把河边的农舍

遮掩得很深

漂流汉江的木船

应该知道它们

暗含着流水的喘息，煽动沿岸的土地

开出水色的花朵。一路上

没有一只烦躁地落在

我不宽厚的肩上。啄破汉水

是被落日浸透的稻香

而被香樟树

日夜朗诵的农舍，在谁家的田园里

站得不粗不俗？掀开门楣

一对黑亮的眼睛

让我悠然看见，自己的前半生

洗亮盆地，是鸟的羽毛

擦亮天空，是鸟的歌声

赶在落日的前边，汉江

告诉我飞倦的鸟，今夜将把翅膀

歇在哪一湾水上？让漂流的木船

载不动我漂流的身子

雪望

雪是盆地中

最稀有的花朵。任我用眼睛

望穿头顶的天空，这里的土地上

还是落不下，雪的残瓣

我只能回首，望隔我于

外乡的秦岭，如何把北方的雪

堆积在想家的长恨里。不被冻裂的笛子

怎能吹出流水的真身

我说雪呵，这群无法把你

接进盆地的人，他们的目光

因此卑微

他们的生命

永远缺少，这些不沾带病菌的花朵

这让我看清，太多的流水

太多的绿色，依然组合不出

人类最完整的家园

我说雪呵，跟我翻过秦岭

把一些流水，带不走的腐朽

在一夜之间带走

让雪的花朵，在盆地里

完成一次最短暂的绽放，若能如愿

我愿从湿润的视野里，放弃青山

放弃绿水

西乡的油菜

像梵高，把向日葵画上高原
西乡，把油菜画上自己身体的
一些荒凉的部位

这是在午子山，一场雨后
我看见遮面的雾，开始向山顶上升
油菜，也跟着上升

走出平原，我孤苦地看到
油菜在最高的地方生长，一山的阳光
也把我画成，一位民间的旁观者

西乡的油菜，看见你

我全身的骨头，除了被阳光照耀

就是被它燃烧

这些民间的手，接住风雨

简单地埋进土里的世俗之物

却是我在纸上，种植了很久的东西

我说西乡，不是我的乡

西乡的油菜，怎么让我看上一眼

就忘掉了孤苦

就像这时的午子山，隐去万物

只让我一个人，陪着油菜

悄然地舞蹈

西乡的油菜，读着你

黄金一样的色彩，返乡的路上

我能用阳光洗脸

汉中的天空

比起唱旧的陕北

汉中的天空，永远不会把一脸的土黄

堆积在我的头顶。能拧出水分

是所有山脊，直至山脊上

锁得很深的云朵

让我无邪地说出，一路上

跟着流水，把风景洗得发绿的女子

她解开的长发，是我牵手他乡的

最后一缕丝线

织过今夕，把星光披在身上

织过明晨，把云水含在唇上

擦着天空的边缘，谁的剪刀

裁剪醒来的山脉

那位在汉江边上

用一只手，揉碎过天空的女子

等着她的脸，也像天空一样复原

我不知道，那一大片朝天开放的花朵

站在水边，向她传递着

怎样的花心？让我从天空

挤出一片爱抚着

我们的天空

其实，永远不会发旧

才是汉中的天空，才能让遍地青山

绿水和女子，在同一幅画里

朝我走来

佛坪的图腾

打开秦岭的门，佛坪

一个被山水，藏得茫然的地方

为了熊猫，在自己臃肿的身上

画出清瘦的竹子

佛坪，我知道你的神秘

像一只佛手，直抵竹子的根部

也直抵熊猫的内心

我看见，你握在石头上的手印

能把竹子，在最冷酷的夜色里摇醒

那身清瘦，是你挣出的风骨

却是熊猫，最后守住的晚餐

竹子，这些在从前

养育着名士的竹子

长留我心，是一抹文明的墨色

今天在佛坪，它又替谁

养育着比名士，还值得拜见的熊猫

看着浮雕在白色上

一对黑圆的眼圈，我说佛坪

借你的山水，让我把世界的脸

也洗得黑白分明

佛坪，我不知道今天

能否和一只熊猫遭遇？清瘦如竹子

但我坚持把它

吟成一个地方的图腾

致一位诗人

生长在无雪的盆地里

你写下的每一行诗，都有温度

都燃烧着盆地以外的人

把相思，文字一样地

种出纸张的边缘

诗人，你自由地叫醒汉江

一路给思想，在大地的深处安家

我怀疑，是太湿润的气候

没抽出你身上，那些柔嫩的叶子

却让愤世的心情

压在良善的枝上，独自扭曲

我记着，你冬泳的身影

啸傲江水，是一柄

铸满文字的剑

诗人，我在你身边

也守了一年的山水，吃着盆地里

生长出的小麦，我盼望北方的雪

能在一夜之间越过秦岭

替我延缓，这些疯长的小麦

也替我，为不会自保的生命

披上一件雪的衣衫

我知道，受过伤的诗人

身上也只有诗

我也说过，要在诗仙

邀月的长安，邀你喝下一杯老酒

然后，让诗行里的温度

把它一滴一滴地，从体内

蒸发到大地上

绕开桑树的怀抱

1

绕开桑树的怀抱

谁是你心上的蚕？那位把丝

织得日夜流走的女子，不要老坐在

一眼就能望见的地方

没有遮拦，我无法把心情

掏出来让你洗

2

从上游下来的水

藏不住上游的月亮，一棵桂树

把它挂在，一片苍老的枝上

而我清贫的心里，没有一块

好地方，能贴上名字

让它落下来

3

我不会把身子

放进这么净的水里去洗

近处，一位有如母亲的女人

正用竹篾淘着新米

远处，几座倒入水里的山

也洗着被我踩痛的背

4

这条看得我

眼睛发绿的河水，像位女子

从一个背阴的村寨，走到一个

向阳的村寨

只是我不该，落在背阴的地方

偷看她脸上的亮光

5

没有一个晚上

把我一个人，放在这片水上

看着沿路，洗过青山的水

能把女人，秘藏在皮肤里的声音

为我唱出来。哪怕只活过

一个晚上，也很幸福

把汉水织成丝绸

1

把汉水织成丝绸

是汉水银梭，把我的心

织成一片茶叶，也是汉水银梭

汉水银梭，一枚织天

一枚织地，一枚

要在我身上穿梭

2

看见山的青衣

在汉江里漂流，我土黄的心情

也被染绿，也想顺流找到

一件合体的衣裳。走出尘埃

能把绿色，披在我的背上

也只有汉江

         3

今夜的汉江

是一匹马，今夜的诗人

是另一匹马。抖动一身丝绸

汉江把诗人，送进一弯好月里

诗人斗胆，把汉江换成汉字

押在一个好韵里

4

只要船夫抬起头

两岸青山，就摇晃着后退

就把沿途风光，集装在木质的船上

这个时候，我却看见船夫

很茫然地笑着，并跟着天空

把腰弯得很低

5

那些写水的好诗句

让我从小误读着水

直至今夜，在一架临水的瓜棚里

躺下比水还无力的身子

我才听出，在汉江里咆哮的

只有沉重的石头

秦岭的南坡

坐在秦岭的南坡上

我一个人，把山脉的走向研读

握进手心里的汉字，是块摩崖石刻

擦伤一群飞鹰的翅膀，我的目光

在草木也无法抵达的裸岩上

盯住一块原始的化石

如果没有记错，它痛苦的样子

很像一只临产的母鹿

它深褐色的羊水，让太阳失血

也让岩石拥有血液

一年一年，从山的骨头里

流来一条饮马的河

秦岭，藏起你越来越少的群落吧

让我从活着的裸岩上

听历尽劫难的鹿

如何在人类身边歌唱

这时，我应该像一位蒙童

坐在秦岭的南坡上，读出山脉的走向

如果有泪，还从苦涩的眼里流出

我会把裸岩上的鹿，画成大地上

一幅阅读生命的图像

秦岭上的雪

望见秦岭上的雪

我在汉水里守了一夜的身子

更加洁白。任你把天空

画得一片冰凉，而一年四季

从不封冻的汉水

不留一条供你行走的路

来自北方，我只能在诗里

朗诵你的圣体

今夜，我恋雪的女儿

应该守在长安的土门里

她触键的手指，能在钢琴上

弹出那朵横过秦岭的云？汉水温柔

让我忘了天空

是被积雪浆洗得发蓝的

秦岭，沿着你苍老的栈道

我要在夜色里归乡

看五岁的女儿，按住黑键

如何让落满白键的雪

开始化蝶

鹿的母语

开放在鹿的身上

梅花，从一座突然回头的山崖上

发出雌性的亮光。鹿的母语

牵引我穿越秦岭的秘境

仰望自然之门，只有把敬畏

悬挂在打开的山水里

生命的状态，靠在身后

是收藏群鹿的大山

铺在脚下，是追逐群鹿的流水

传递在云朵的上面

我听见鹿的痛苦

是把升上山体的太阳

撞成悬崖上，一朵滴血的梅花

呦呦鹿鸣，让我从天空中

放走所有飞鸟的翅膀

一个人，无语独坐

一个人，听鹿的声音打湿天空

一个人，在一块苍青的摩崖上

磨洗鹿的母语

造纸的蔡伦

造纸的蔡伦

把云水铺在汉江

万竿翠竹，把万竿雨丝

织成大地的衣裳

让祖先留下的汉字

在纸上歌唱

造纸的蔡伦

把身子放在云端

万根骨针，把万根血脉

织成大地的衣裳

让祖先留下的思想

在纸上闪亮

造纸的蔡伦

把天地圈在心上

万千山水，把万千秘纹

织成大地的衣裳

让祖先教我的舞蹈

在纸上飞翔

一只鹰飞过汉中

从秦岭的背影里飞来

一只鹰，把冬天的寒冷

带到不会结冰的汉江上

一只鹰，把披满风雪的歌声

放在煮茶人家的铜炉边

一只鹰，把仰望者的目光

误读为被风吹响的圣笛

一只鹰，把铁黑色的羽衣

披在石门的石刻上

一只鹰，被挤在天空的边缘

只让大地看见它带伤的翅膀

念着这些独行的日子

我也是其中一只吗？飞过汉中

我看见五只鹰把天空占满

栈道

把身子钉进岩石里

让历史走过去的是汉人

扯下一把，被栈道留住的云

我听见西风，在石缝里读书

我看见一个人，他歇在石头里的背影

很像一个王朝

翻开汉书，一阵大风

在栈道上劲吹，有几行汉字

被吹上悬崖？又有几行

被吹进水里？栈道上

我摸见汉人的骨头

比岩石还硬。我看见一只鹰
它拜谒古典的样子
比人真诚

我不知道，我能否躺下身子
也让历史走过去

走过茶园

把天光水色筛下来

最先被沐浴的，不是茶园

是走过茶园的女子呵

她们嫩绿的身子，让茶园生出

无限清香，也让我生出

一些超越生理的想法

翻过秦岭，我知道人间的温柔

是一坡青茶

是一坡守着茶园

用十指采摘歌声的女子

她们的目光，落在茶上

很像朋友苦吟的

一杯唐诗。我驻足的城里

没有栽培茶园的土壤

但那里的诗人，有一半

泡在茶里，连同头顶的月亮

也被泡成红铜

被反复地挂上夜空

一半照诗，回到唐朝

一半照我，走过茶园

伐木者的忏悔

伐木者的尊严

被他手中的斧子砍倒了

坐在山坡上，他不敢抬头

看看残剩下来的木头

他更怕野游的树魂

突然从身后，扯他的衣衫

他也听见斧子，躺在树桩上哭泣

这是他从自己身上

发现大地的伤逝后

突然认识的铁器

天空下，他浑身的惊恐

让他像一块石头

开始承受风雨的侵蚀

然后，他要用斧刃

把伐木者粗壮的身子

刻成记耻之碑。他滴血的忏悔

是读伤世界的碑文

秋天读菊

那位从你脸上

读破秋天的姑娘

她说汉中这地方，不适宜种菊

她说这里流淌得很稠的阳光

不懂得菊的冷暖

其实，她对你的记忆

还保存在秦岭以北

她知道那里的菊

要披一件霜衣出世

要在秋天的门槛上

站出独立的姿势

而无霜的汉中，能拿什么

来磨炼这些傲霜的生命？姑娘呵

带上一盆汉中的菊

北方的高原上

我们不会立地成佛

却能让碎成花瓣的阳光

落地成金

听汉中民歌

这是一个人的呼吸

从竹子的嫩骨里吹出来

一片竹叶，像一把雕花的刀子

把我刻在汉中的欢乐里

这是一个人的叹息

从河流的阴影里摇过来

一叶小舟，像一弯落水的月亮

把我藏在汉中的痛苦里

这是一个人的目光

从山顶的寺庙里漏下来

一截残碑，像一扇紧闭的山门

把我隔在汉中的尘世里

这是一个人的身世

从石头的裂痕里写出来

一个汉字，像一枚沉重的印章

把我盖在汉中的自述里

汉水

这是哪位朝圣者

洗过血额的水？一路飞流而来

一路，在大地的骨盆里

浇灌花朵

由西向东，我看见

一件大地之衣，正把秦岭

从根部秘藏起来

也把我，包裹在沿路的摩崖里

听汉字说话。一只鸟

像看见我出生的

一位人神，想淡淡地把叫声

从水边移开

和一路生殖的汉水相比

谁离泥土最近？谁走过的路

又最远？大风吹来

大风，能把秦岭的山峰吹乱

却吹不乱汉水的脚步

更吹不乱，它把身上的东西

像一把心疼的桑叶

沿岸抛撒

这时，我听见所有朝圣者

洗过血额之后，在大地的骨盆里

像一群成熟的蚕，发出

吐丝的声音

一棵菩提

从身上放下，新雨后的空山

一棵菩提，站在盆地的深处

距离喂养汉人的五谷

比我还近

还要放下，心里的默诵

看一位汉人，像守着一片庄稼

砌盖藏身的茅舍

我说不出，在他嘴里

能把菩提叫什么

但五谷穿肠的滋味

应该很好

我想说，这里是菩提

走得最深的民间

守着它的人，却不知道看它

普照万物的过程。那就让雨水

平静地落下来

也让守护者，平静地活着

我不是王维，不会把菩提树

用百年孤独，网住的一片鸟声

想象成梵音

看一位女子插秧

看见你弯下腰

把比自己的身子，还嫩的秧苗

一根根插下，我多想

有双剩余的手，像插秧一样

把我插在，泥土的裙边

伸在阳光的下面

你浮上水面的手，一直把大地

当成一件春日的嫁衣

如果从脸上，能抽出全部的表情

就把天空，缝补得灿烂

如果我躺下，能铺出一块秧田

就让你从头到脚

把秧苗插满

其实，我在竭力靠近

你弯曲在天空下的身影

生殖万物的大地，却让我看见

一种细节神秘的舞蹈

不要追问，谁让秧苗

崇拜着这片泥土？谁又让我

崇拜着这些五谷

站在秧田的边缘

看见你和阳光，带来的好日子

我不敢把头，低在秧苗

开始疯长的怀里

我从别处，也能闻到

你浑身的气息

望月的人

坐在汉江边上

谁是精心望月的人？谁能让我

把激动很久的身子，藏在月光的

后面，彻夜望她

穿过汉江的月

你能把她雕塑成，一座令我心动的

巅峰之石？望上一眼

我只有让身子，从单薄的河堤上

全部撤退。藏在厚实的月光里

我要看她，如何洗出

石头上的鱼纹

让我用手指

从头刻画，这些比摩崖石刻

还要方正的汉字。汉江呵

我忧郁地留给你的，最后一首情诗

比石头柔软，比流水坚硬

刻在我的额上

它是今夜，你能听见的

水的诉说

望月的人，我不敢祈求

跟随着消残的月光

她能大胆地，把脸转过来

我是农民

这些农业里

正在消失的鞭声，怆然的月光下

抽在大地上，很像抽在

我的身上

今夜，我要交出

像牛一样宽大的背脊

我要让心，站立在最显眼的地方

接受五谷的起诉

把血磨成，最黑的墨汁

把骨研成，最薄的纸张

听我在消失的鞭声里

喊出我是农民

我是农民

我要敬畏，每一株谷物

我所有的日子，就是替神牧的大地

织一件合体的衣裳

看我把万物，抽成经线

看我把自己，抽成纬线

我要在消失的鞭声里，织出这些

不能消失的农业

或许，我对农业的

另一种怀念，就像月下的鞭声

正日复一日，抽打着

内心的清白

行走的人

进入汉江的路上

一块石头，像一位执意等我的人

一位女子，在栽满花木的原野上

找不到一块，闲着的地方

把面目藏起来

一块石头

像一位躲闪不开的女子

迎面寄来一张，刻满汉字的名片

她的目光，淌进石头的纹路

是我挑灯，也读不到的肌肤

石头有血，石头有肉

石头，在谁的醉墨里

活像一堆衮雪

一块石头，一块被云水

写成汉书的石头

谁能帮我，解开这件大地的衣衫

看众多的汉字，在它上面

像在女子身上开花？拓下来

我的声音，刻满一块石头

是一首汉诗

汉中，如果你想打磨

我跟你流落过的日子，就像对待

一块石头，把我凿成

一位行走的人

泥土的裙边

像一株反季节的
冬麦，无雪的汉江上
永不冻结的泥土里，我的根
不会扎得太深

让我走吧
这么水汪汪的泥土
这么湿漉漉的阳光，不是锻打
一颗麦粒的地方
鱼米乡里，就让鱼米
在我执意退出来的盆地里
柔软地游走

鱼的雪纹，米的雪香

在我化雪的掌心里

很像一堆，跳出水面的汉字

一路的阅读，抵不住

一位农人的抚摸

她的手里，一只雪蝶的标本

是我捡到的

最老的汉江

泥土的裙边，不能

把退出的脚步停下，逆着这条

旋转而下的流水，我要蹚过

秦岭的北坡

石头的插图

一块石头，一部隶体的

汉书，昨夜月光

把它磨成，吻合我心的毛边

今早日出，又给它烫上

青铜的封面

翻过流水的秦岭

沿途的摩崖上，能够擦去的

云朵下面，这样的石刻

像把一些百姓纪事

刻在我的身上。一刀一斧

留下结痂的汉隶

留下石头的血

也留下一群汉人

在盆地里追日的场面

看上一眼，那篇埋在心底的

山河堰赋，像一堆衮雪

在我逐渐仰起的额头上

被一次次拓下

一个汉字，一块钙化了的

血，或者肉

其实，在众多

褪掉文字的摩崖上，最能读出

汉人平凡的世界

而我想：如何把心

刻成石头的插图

过汉江

让我把带汗的手

再一次浸入水里，过了汉江

谁能像你，用脸上的阳光

擦洗我的心情

穿过江面的风

多像你昨夜，对我一人朗诵

被露水打湿，一对黑色的衣襟

展开在你的身上

比羽毛还亮

贴着一只

水鸟的翅膀，我看见群鱼

躺在你的怀里，而一堆汉字

正从一块摩崖石刻上

纷纷落入我的肩背

汉江呵，谁能丢下

这么好的情景？踏着你的歌声

不带走些什么，我不会

轻松地离开

逃跑的沙粒

面对逃跑的沙粒,我凌乱地看见

口衔草根的羊,也走出一条丝路

裸体的草地

多么裸体的草地，羊的目光

如果再单薄一些，我的内心

如果再透亮一些，这片集体衰退的草地

就不会向天空，摇响

逃跑的沙粒

而铺满羊蹄的草地上

一根芦苇，把圣人的思想放下

也要秘密地记录，一群游牧者的伤痛

就像天空，把沾带雨水的云朵擦洗干净

也要给飞鸟，留下一丝羽痕

落在羊群的头顶，岁月的风声

却吹打得草地，退到黄河以北

荒芜着英雄之路

那从游牧者干燥的形体上

突然传来的膻香，在我闻惯泥土的心中

已把这片草地装下。翻开一部

被羊读破的经书，谁发现草的名字

挤在繁体的汉字内

都叫中药？而流动在羊的身上

还是草的力量

面对逃跑的沙粒，我凌乱地看见

一只口衔草根的羊，却猜不出它用赴汤

还是蹈火的方式，去赴一次

别人的晚宴

遥远的药味

像把一张单薄的麻纸

糊上挡风的窗户，一个被大雪

很深地埋着的冬天，我用土布缠住肩膀

寂寞的原野上，一件文身的

陶俑，突然被羊群唤醒

我知道，躲在土墙后面的目光

把我简笔一样的背影，一直望上大路

羊群的后面，我低头不语

我很想从遍地的膻香之中，寻找出草木

已经遥远的药味。黄连厚朴

这些羊的食物，被一位久住长安的女人

用来编织小说，中药一样

她的家族，我的童年

而一群从草坡上面

追赶着羊群的飞鸟，惊得我一抬头

看见土墙后，一件同样用土布织的衣衫

把一位身材瘦小的女人

缝合得慈祥。她的怀中

一把切碎的草药，帮我们滋补着

病中的岁月

大雪落在地上，大雪

穿过我和羊群，把一种最熟悉的中草药

摇醒在一块，最先融雪的

谷地，或阳坡

一只羊走下岩画

倦卧在土黄的岩画里，和一块石头

呼风唤雨的羊

经卷一样翻开，一大片散了骨架的草地

而最后的页码，就终止在

一次突然降临的

沙尘之中

谁来重新装订草地

谁来安抚羊群？走动在游牧者的血液里

这一册山河，不留给草地

就留给羊群。由西向东

众神之山奔突

众神之河涌流

而更多的荒芜

继续撕裂着草地

靠在岩画，破碎得最凄美的部位

我看见几棵蓑草，朝着一张风化的嘴唇

惊恐地爬去，我的乱发

也要落地为草了

这时，有一只羊

兄弟一样地，从岩画的中间

径直走到，一堆行人垒起的石头旁边

我的心，像被谁死死地抓住

走下岩画的羊呵，接替你

让我走上去

一群奔跑的羊

一卷吹动王朝的风

把黄河吹过来，吹动羌笛

一群在荒草中奔跑着的羊，也揭竿而逃

我的兄弟，找一孔窑洞

先把受伤的身子放下

祖先呵，我不想把草地

放在一次灾难里叙述

猛然回首，它们死结一样挽起来的眼神

正盯得天空发冷。一场雪

一场比火焰，还要温暖的雪

被谁驱赶过来？我只有

212

秦岭书

穿过黄河最厚的冰层，把它和羊

一块牧放

寂寞之中，让漫天落雪的声音

诉说一只身陷饥饿的羊，也不会把犄角

抵向人群。站在山顶

羊的头颅，沉重地低下

我只有把自己，很痛快地放在它们中间

千万次，看双唇与大地

枯燥地接触。我被女人

舔湿的额头，在雪中降下

为羊哭泣的泪水

黄河岸边，一卷大风

正越过最后一位游动着的牧人，把一扇

收留羊群的栅栏，入木三分地

吹动。我吟风的长发

也被突然卷起

怀念一片草地

草地，把羊群围困在怀中

草地，把牧人毡房和天空推到极远处

草地，把我死心追赶在

风中的身影，突然埋没

草地，草地

那是被纯银过塑后的草地

铺在群羊挪动的后蹄上，让我彻夜听见

大地心怀的神曲

如果风再硬些，如果羊再醒些

如果我，把那株压伤的芦苇

咬得再紧些

那时，我盼望有一双手

能直接伸过来，从羊群合围后的草地里

伸过我的头顶。像一地细碎的

月光，在我的身上

挪下一片荒原。然后

看一段草地，如何躺在月光下

用羊留下的口水

缝合白天的伤口

草地，那群羊已经远去

草地，那位牧人有时还飘过我的头顶

草地，我被埋没的身影

却在风中裸露

父亲的年代

被羊群牧放着，父亲的年代

像一把雨中的油布伞，打过太多的天空

已逐年发旧。我零乱的目光

落在事物的哪一面，都像落在

他的脸上

父亲的年代

我不懂得，用一块粗糙的石头

留住他简单完整的面目。就像那些泥土

一旦流失，会变得千疮百孔

从风中抽回来

我的手，不敢在素描给神的村庄里

碰一根铁青的树木

或一棵断代的庄稼

其实，父亲的年代

永远像一扇非黑即白的大门，却被别人

牢牢地关着。那一群拥挤的绵羊

很像他多余的兄弟

潦草的山坡上，面对几只

自由的舞蹈者，他不会说出

我跳舞，因为我悲伤

而羊的样子，刻在父亲的墓碑上

永远比他的名字生动。在叫不醒天地的

最后一个可悲的夜里，我偷偷地用一只

父亲放牧过的羊，祭奠着

父亲的年代

把草地献给羊群

跟着他把一群羊，迎风带上山头

我一直朝向天空的心，才突然感到缺氧

才幻想在大地，最神秘的部位

把苍凉的双手，一次放上去

我不是牧者，我能够出现在

一卷牧者的山水里

只有沿丛生的草地，像风吹动花朵

把自己全部放开

我多余的目光，落在一把银饰的刀鞘上

看见一段，刻得细密的经文

却被一句伤心的情诗

潦草地盖住

而投身大地，一只羊

它始终迎风的脸上，牺牲着太多的阳光

守住辽阔的牧场，我不敢把天空

放在头顶上思考。跟他捡起一块

被风日夜吹拂着的羊骨

让我呼吸下一些草色，再去阅读

那些曾经照亮过天空的

羊的年龄

留住剩余的，一卷牧者的山水

或一把银饰的刀鞘，刻下我十分微弱的

声音：把草地献给羊群

为一群羊舞蹈

挤在被风吹打着的山坡上

一种草，一种从众神充满爱怜的目光里

染出一身药味的草，正善良地

为一群羊舞蹈

跟定天空中的云朵，我也在地上

追着它们舞蹈，就像追随

一群没有家谱的人。游动在羊的身边

这一颗心，最怕被这些叫柴胡的中草药

突然揪住，或者放大

而羊的口水，已在它瘦长的叶脉上

把太多的念想留下，就像我

躺在一个人的怀里
要把一生的心事埋下

也像云朵，把多余的天空剩下
一只羊，一只死死地盯着我坐在山坡上
却不忘吃草的羊
它内心的高烧，正需要这些柴胡的药力
缓慢地降下。而围在身边
没有一种闲草呵，只是我叫不出
它们温厚的药名

这些被羊群，有意识留下的草

摇束米色的小花，从不同的方向伸过来

从羊能够，判断山河的唇边

谁把一片清凉，悄悄地移放到

我的身上

暮色围拢的一刻

大风，要告别吹了一天的鸟巢

羊群，要告别走了一天的草地

而被平缓的山坡，悬在自己杏红的腰部

我迟来的感觉里，好像落下

一个人的心跳

这是暮色围拢的一刻

在羊的膻香，被地气稀释之后

我从草木的身上，幸福地闻到

一股浓重的药味，正为大地的筋骨慈航

羊群呵，你看谁敢像我

收起多余的服饰？且把自己

裸画在草地上

这是暮色围拢的一刻

像风贴着草叶，我开始贴着大地的身子

在羊群走了一天的路上

把朦胧下来的万象

仔细阅读。一位立在草丛之中的女子

她淡墨色的轮廓，像神留下的

一幅剪纸，一种从未有过的

气息，在那里上升

这时，我很想问一个人

在拥挤着走向村庄的羊群里，谁眼里的

夜色，更杏红一些

抬头望望天空

那块以透亮的云朵，引诱我

抬头仰望它的天空，揭去风雨中的饰巾

把一丝晴朗的目光，留给在大地上

走得寂寞的羊群

抬头望望天空

寄身在一座寺院，或一堆经幡旁的

油色的草地上，羊呵

这群大自然的信徒，在嚼碎草叶的时候

总是满怀羞涩，满怀忏悔

而悬挂眼前，倾斜的天空

是它们在吃草的间隙，必须守约

阅读的一幅圣画

这让我想起自己

一个人行走在荒原上，能把一卷

读出声音的山水放下

却忍不住心，让它在充满冲突的天空中

解构旧情，甚至把失去风流的眼神

挂上它最空洞的地方

也只有这群羊，知道哪里

还比草地丰满

如果能在天空的深处

一眼望见，那群低头吃草的羊

我就学米勒笔下的农夫，停住所有的

劳动，听突然响起的

一阵晚钟

献我谷穗的羊

献我谷穗的羊

摇晃在大地的阴影里，任何一种

被雨水和阳光，洗晒得风情万千的物种

都不能占有，我留给你的

那片唯一的草地

我只有放弃，曾经拥有的

谷穗一样的幸福，就像你无声地宣布

放弃已经抵达嘴边的，那丛鲜美的野草

遥远的天边，有一群人

正把一束尊贵之光，收藏在一块

古典的岩画里。沿着他们的

血肉之指，几根简单的

线条，就把你丰满的形体

一次刻下

而这样悲壮地跟着你

谁把所有带来幸福的谷穗，了无牵挂地

放到草地的边缘？在你滋养过天地的

那一缕膻香里，我闻见最甜的草

也散发出药味。走近岩画

从你的筋骨里，被传递过来

是谁的一丝疼痛

献我谷穗的羊

游牧在一块草地，或一块岩画

反复结构出的世界里，我要把人的尊贵

像一束光，全部照射在

已经抵达你嘴边的，那一丛

野草之上

我看到羊群

我看到羊群，就像一位

守着烛光的人，在自己心里

突然看到，一座深藏在山谷中的寺庙

尘土的深处，我追赶万物的

脚步，比羊还急

其实，我看到羊群

就像透过前面的，一座被雪

压低了的灵山，而看到堆积在大地上的

另外一种雪呀。谁能肯定

一群吃草的羊，对于普天而降的

这些雪灾，会是从容地

歌唱还是诅咒

但我知道，一群羊

被水草喂养出的膻香，就像神的气息

把一路俯视过我的寺庙和灵山

还有像河流一样，不停游动着的人群

全部感染。上升到这片

被羊群撑得辽阔的高原，我多想放声

朗诵一位酋长诗人

留在人世间的《慈航》

我看到羊群，就像看到

一位从阴重的膻香里，走过来的牧者

他最后的口唤，是让我把他

剪成一只，还在吃草的羊

女孩与羊群

把羊群剪贴在草地上

一位女孩，她握在右手上的剪刀

告诉我左手的颜色：一张被风

吹红的纸

女孩与羊群，这些乡土中

其实很时尚的细节

暗示出天空，应该把雨水降落下来

而要大胆地，从局部雕琢这片草地

就让女孩手中的

剪刀，沿着羊群有秩序的头顶

神秘地游走

把暮色的青布揭开

羊群呵，也让我虚弱的身子

靠近暖烘烘的云朵

回家的感觉，或被她右手上的剪刀

突然剪疼的感觉

都在草地上藏着。一根芦苇

想轻易割断，我投出去的

干净目光

这时，我看见被夕阳

涂成红色的羊，从她左手的纸上

纷纷走过来

草原的气息

旋转的山水里，一只

游走的羊，会把一些无声的东西

带到天地，无声的去处

让远离草原的人，闻到

草原的气息

草原的气息，日夜藏在

一些叫中药的草里

羊的唇齿，直至夕阳谢幕的

晚宴上，都在片刻不停地咀嚼着

藏在它们反光的身上，遥远的药味

既是草原的气息，也是

山水的气息。看见一群

低头吃草的羊，就像看见一群

撩人的山水

而山水的气息，在羊的身上

却藏得如诗如画

我很清楚，在诗人和画家的笔触里

不用过多地着墨

羊呵，就能带着身边的山水

朝向人群，善良地走着

天空的深处，此刻

会有教堂的音乐传来

让我赶到，草原的气息袭来之前

把圣乐：《羊儿可以安详地吃草》

献给羊群

受伤的草地

不必操心，那位把草地

放在天空下的人，会把一群

突然涌出白房子的羊，放在哪里

让零乱的山水，也放下

漫游的云朵

灵魂的旧址

被深埋在碎草中间，一群羊

它们叫不出的疼痛，像我读过的

一些重要的文字，已在尘世中绝迹

大片的草地，也被风吹走

而山脉从内心

流出的火焰，会把今夜的

嗅觉点亮

今夜，靠近一只

背部受伤的羊，我闻出野草

带苦的药味，却不敢速写四个汉字

药叫黄连。山水的秩序

退回到羊的唇边，只像一片

单纯的草地，看得见的芦苇

扎根在羊的身边，比赶雨的

云朵还急

亲手打开今夜的栅栏

叫不出的疼痛，让我把另一只手

伸展在羊的背脊上，然后抚摸

受伤的草地

记忆一只羊

谁能闻见它的气息？贴着一棵

名字叫得很苦的草木

我被遥远的药味，淘洗干净的心里

只剩下它的叫声

这是大地上，传得最远

也最撞心的一种声音

它让我猛然记起，在遥远的年代里

站在一面山坡上，一位女人

叫喊另一位女人的样子

枯黄的草地，贴着它的声音

忘记返青

而我，坐在她的视野

多余出来的地方，把一只羊的眼睛

死死地捂住，就像云朵

想把抬头看天的人，全部遮挡在

阳光的背面

无声的草地上，一只羊的挣扎

超不过一只蝴蝶的

挣扎，传遍她的生日

叶脉，却暴起青筋

让我到死记住：一只羊

以及很久地放牧过，一只羊的女人

她贴身的气息，才是大地上

最温暖的声音